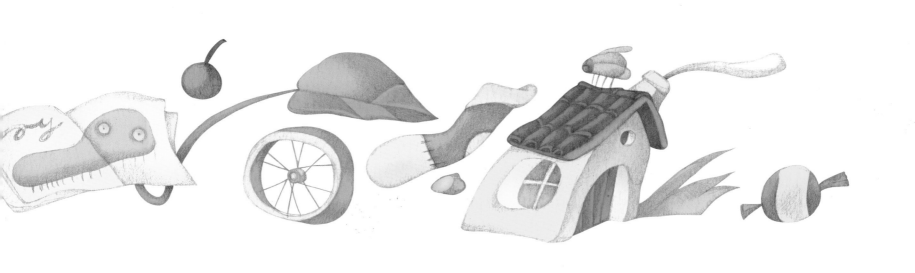

CUENTO DE LUZ

A Alba Sellarés, bibliotecaria querida y añorada
que prestaba libros y regalaba sonrisas.

- Mar Pavón -

A mi amigo Xamón, testigo de esta historia.

- Alex Pelayo -

Ser Filiberta

© 2013 del texto: Mar Pavón
© 2013 de las ilustraciones: Alex Pelayo
© 2013 Cuento de Luz SL
Calle Claveles 10 | Urb Monteclaro | Pozuelo de Alarcón | 28223 | Madrid | España
www.cuentodeluz.com

ISBN: 978-84-15619-69-7

Impreso en PRC por Shanghai Chenxi Printing Co., Ltd., Marzo 2013, tirada número 1352-1

FSC
www.fsc.org
MIXTO
Papel procedente de
fuentes responsables
FSC® C007923

Ser Filiberta

MAR PAVÓN Y ALEX PELAYO

UN DÍA DE ESOS en los que se usa la cabeza por encima de todo (nunca mejor dicho), al papá de María se le ocurrió decir:

—Quiero que me toque la lotería.

La mamá de María, mirándolo pensativa, le contestó:

—Ya. Y yo quiero mudarme a una casa con todas las comodidades...

Y María, que estaba sentada en la mesa hojeando un cuento, intervino:

—¡Y yo quiero ser Filiberta!

Y su papá y su mamá, olvidándose en el acto, el uno de conducir un Ferrari y la otra de tener mayordomo, se quedaron observando a María como si en realidad estuvieran delante de un pequeño, chiflado y repulsivo extraterrestre.

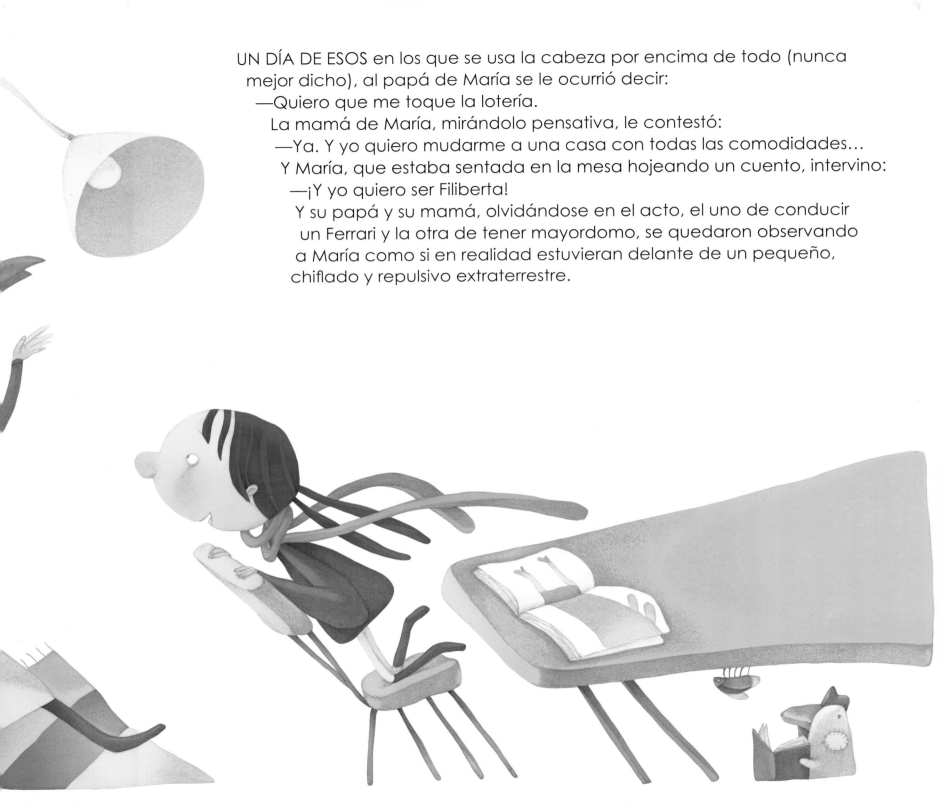

Más tarde, en la escuela, el director le comentó a la maestra de María:

—Te aseguro que quiero jubilarme de una buena vez.

A lo que la maestra se apresuró a responderle:

—¿Ah, sí? Pues que quede claro: ¡yo quiero ser la nueva directora!

María, que pasaba por allí con un cuento bajo el brazo, no pudo contenerse:

—¡Y yo quiero ser Filiberta!

El director y la maestra, olvidándose en un santiamén, el uno de no dar golpe y la otra de dar el golpe de su vida, clavaron sus ojos en María, imaginando a un tiempo que esta era algo así como el bicho más raro habido y por haber sobre la faz de la Tierra.

Mucho más tarde, en el parque, dos viejecitos conversaban sentados
en un banco. En estas que uno de ellos, en un arrebato
de sinceridad, le confesó al otro:

—¡Quiero volver a ser joven!

La respuesta del otro no se hizo esperar:

—¡Toma! ¡Y yo quiero que mi difunta Celedonia resucite!

María, que casualmente estaba sentada en el suelo, frente al banco, leyéndole
un cuento a un precioso gatito, interrumpió su lectura para exclamar entusiasmada:

—¡Y yo quiero ser Filiberta!

Ni que decir tiene que los viejecitos, olvidándose de inmediato, el uno de enamorar
a una jovencita y el otro de los deliciosos platos que cocinaba su mujer, creyeron
al instante que a aquella niña le faltaba algún tornillo; ¿cómo podían entenderse, si no,
sus extrañas palabras? Y, por si fuera poco, ¿en qué cabeza cabía leerle a un minino?

Un poquito más tarde, María acompañó a su abuela a comprar.
Ya en el supermercado se fijó en dos señoras, una flaca y otra
gorda, que se habían parado a charlar.

—Mira, yo lo único que quiero es que los precios bajen —dijo la
señora flaca con una mueca de disgusto.

—Pues yo, por querer, querer, ¡quiero que el de los pasteles
suba! —opinó la señora gorda sin poder disimular su desánimo.

María, como no podía ser de otra manera, se acercó a las señoras.
Llevaba su mochila colgada de la espalda sin cerrar del todo, y
de ella salía el extremo de un cuento. Su frase preferida no se
hizo esperar:

—¡Y yo quiero ser Filiberta!

Por supuesto, aquellas dos señoras se quedaron petrificadas y,
olvidándose al momento, la una de su cuenta corriente
en números rojos y la otra de su frigorífico repleto
de dulces, no dudaron en considerar a aquella
niña entrometida una auténtica insolente
de tomo y lomo.

Al anochecer, en casa de los abuelos de María, una vecina llamó a la puerta para decirle de muy malos modos a la abuela:

—¡Quiero que me devuelva el mantel que le dejé hace un siglo!

La abuela, arqueando una ceja, no se mordió la lengua:

—¡Y yo quiero que usted me devuelva primero la tetera que le presté hace dos siglos!

El abuelo, que lo había oído todo desde la salita, salió de improviso para aprovechar él también y pedir con idénticos malos modos:

—¡Y yo quiero ver la tele tranquilo, de modo que tomen las dos su mantel y su tetera y váyanse con viento fresco a prepararse un té donde yo no las oiga por lo menos en tres siglos!

Inesperadamente, María, que sin querer había presenciado la escena, se plantó de un salto en medio de los abuelos y la vecina estrechando un cuento contra su pecho, y gritó con toda la energía que sus seis años le permitieron:

—¡Y yo quiero ser Filiberta! ¡Filibertaaaaa! ¡FILIBERTAAAAAAA!

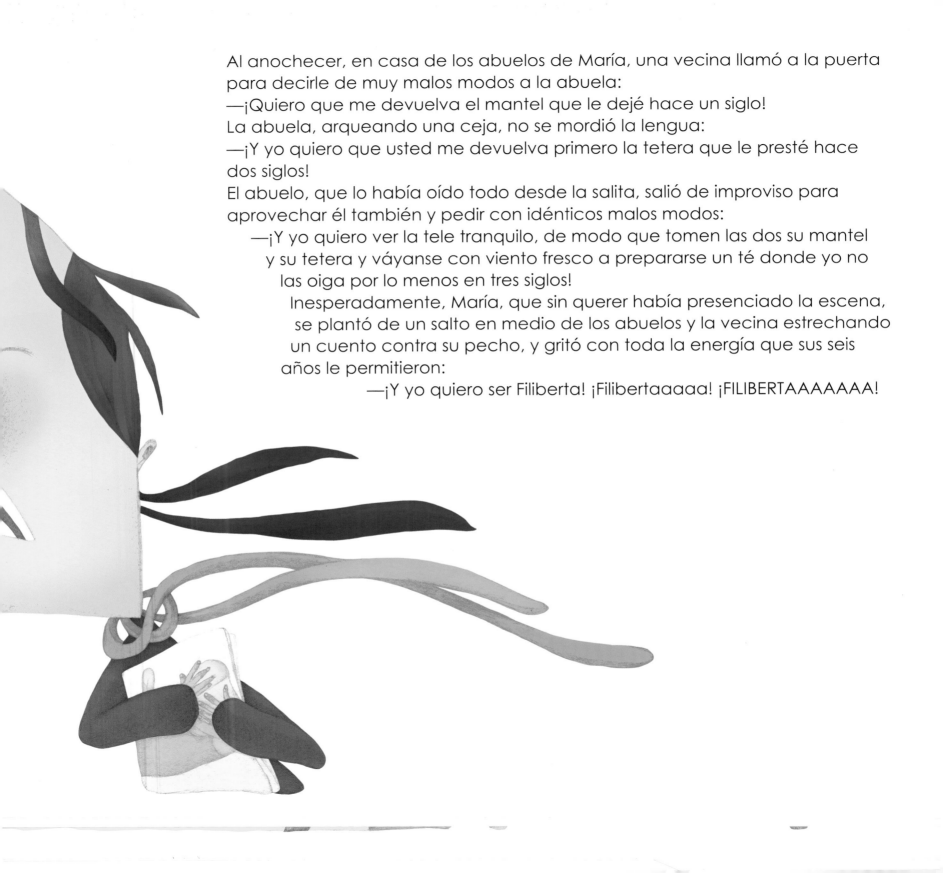

Mientras, en la sala de espera nadie se explicaba por qué tardaban tanto los doctores en salir y dar su diagnóstico. Y es que cada cual tenía ya su teoría: como ya sabemos, los papás de María temían que esta fuera en realidad un extraterrestre; el director y la maestra no dudaban que era, por lo menos, un bicho raro;

los dos viejecitos creían que no estaba bien de la cabeza; las dos señoras, que se trataba de una insolente con todas las de la ley (pero fuera de la ley, claro), y los abuelos y su vecina seguían sospechando si María no estaría estudiando en secreto para bruja malvada…

Pero en la sala de espera había alguien más aparte del grupo que aguardaba a María: unos minutos antes habían llegado unos padres que también acompañaban a su hijo, de corta edad. Este llevaba un cuento bajo el brazo…

Y sucedió que los que esperaban a María comenzaron a desesperarse de tal forma, que empezaron a decirse los unos a los otros, primero a media voz:
—Queremos saber qué pasa con María.
Después, subiendo considerablemente el tono, insistieron una y otra vez:
—¡Queremos saber qué pasa con María!
Al poco, todos a coro y ya dirigiéndose descaradamente a la puerta de la consulta, repitieron a grito pelado y con el puño en alto, en clara actitud amenazante:
—¡QUEREMOS SABER QUÉ PASA CON MARÍA!

—¡Y YO QUIERO SER SAPIENTONIOOOOOO!
De repente, todos enmudecieron. A continuación, se volvieron
para mirar quién había gritado semejante disparate. Y, en
efecto, frente a ellos tenían al niño recién llegado con su
cuento aún entre las manos... ¿o sería un demonio
sosteniendo su maligna agenda del día?
¡Ya nadie estaba seguro de nada!

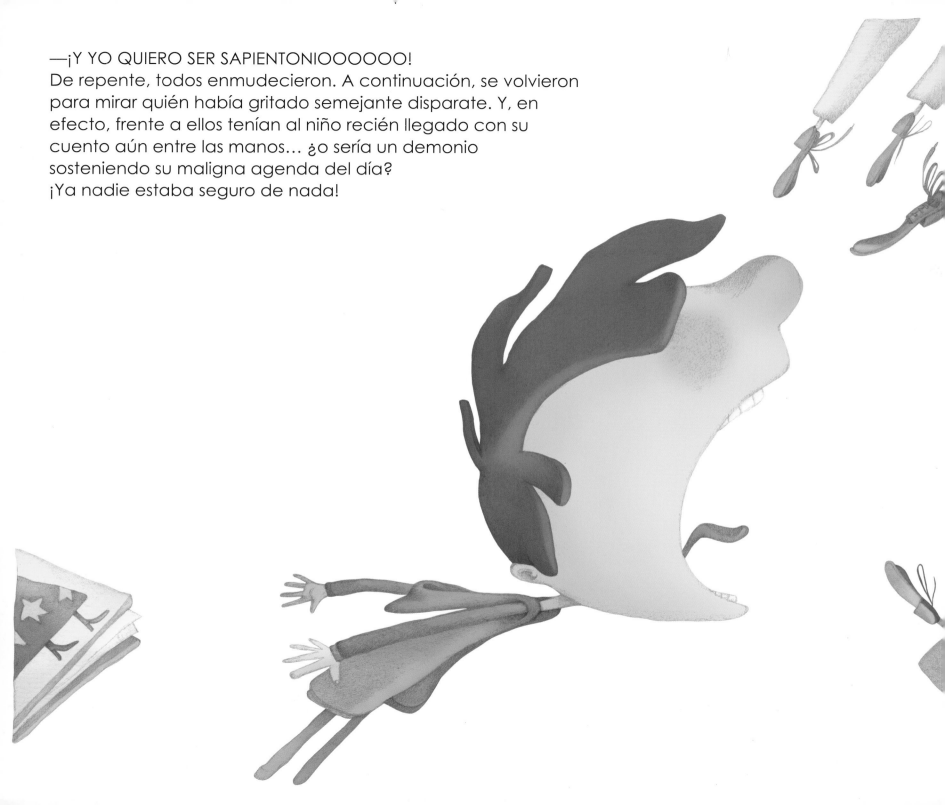

Pero entonces, cuando los padres del pequeño, muy sofocados, se disponían a pedir disculpas a la concurrencia, se abrió la puerta de la consulta y aparecieron muy sonrientes el doctor cura-trastornos y el doctor cura-problemas seguidos, claro está, de nuestra pequeña María con su cuento bajo el brazo. Curiosamente, ahora reinaba el silencio más absoluto; ¡como que nadie se había repuesto del sobresalto anterior!

—Queremos… queremos saber qué pasa con María —acertaron a decir por fin los más interesados en la cuestión, o sea, sus papás.

—No pasa nada; es solo que María quiere ser Filiberta —respondió con naturalidad el doctor cura-trastornos.

—Y nosotros no podemos hacer otra cosa que… ¡*filicitar* a María! —añadió el graciosillo de turno, o sea, ¡el doctor cura-problemas!

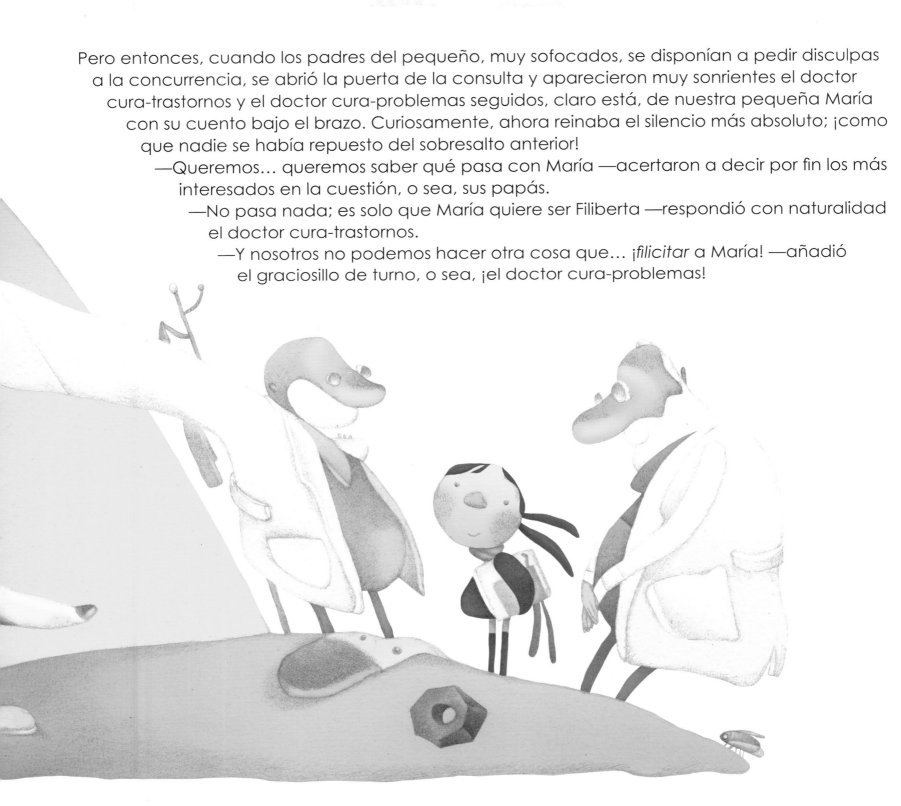

Ni cortos ni perezosos, los doctores levantaron en volandas a María, quien, a su vez, alzó las manos exhibiendo su querido cuento.

—¡Este es el cuento del hada Filiberta! —anunció muy feliz la niña.

—¡AAAAAAAAH!

—¡Y este es el cuento del sabio Sapientonio! —intervino súbitamente el niño mostrando radiante su libro, también desde las alturas gracias a sus papás.

—¡OOOOOOOOOH!

Pero lo mejor de todo fue cuando a alguien se le ocurrió berrear:

—¡QUE LOS LEAN, QUE LOS LEAN!

Y los leyeron, ¡vaya que sí! Y los disfrutaron, ¡cómo no! Y, por lo menos aquella mañana inolvidable, el doctor cura-trastornos y el doctor cura-problemas no tuvieron que curar a nadie de nada. Ah, y María y Miguel, que así resultó llamarse el niño, se hicieron muy, muy amigos; tanto, que llegaron a intercambiar con frecuencia sus cuentos preferidos.

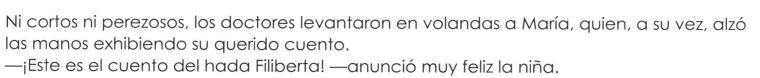

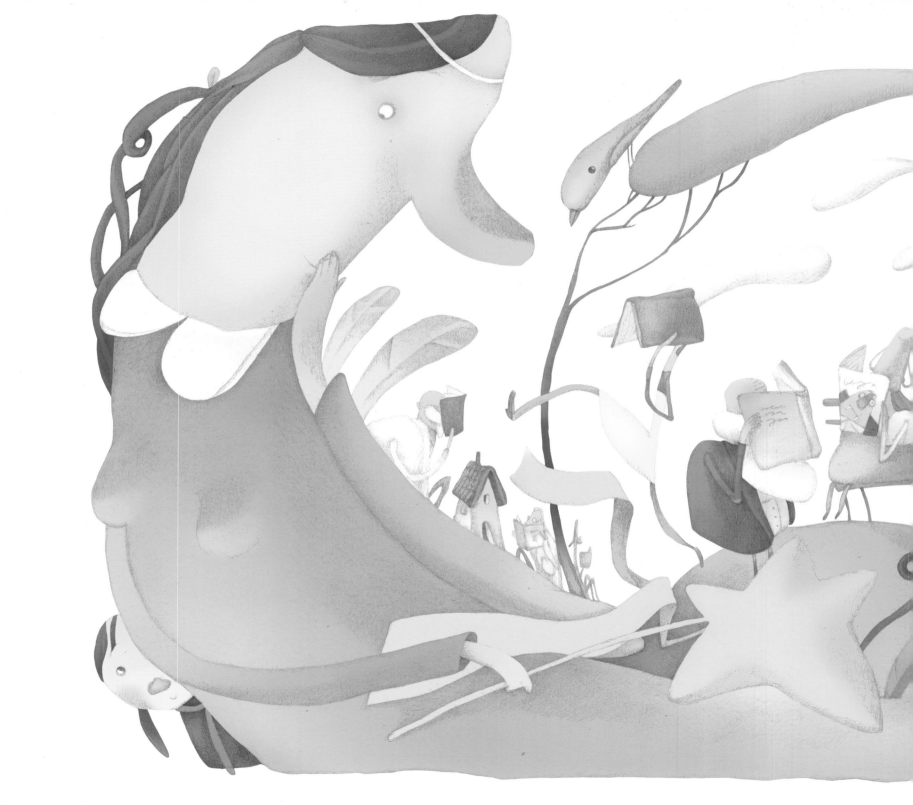

Eso sí, desde entonces, cuando los adultos
de esta historia notan que se levantan por la
mañana usando la cabeza por encima de todo
(nunca mejor dicho), acuden tan pronto como
les es posible a la biblioteca o a la librería más
próximas y vuelven a casa con un libro. Y no
pasa nada, salvo el tiempo, que se les va en un
suspiro… ¡El mismo tiempo que antes dedicaban
a formular deseos que no se cumplían!